AF467352

L'AVARE FASTUEUX,

COMÉDIE EN TROIS ACTES ET EN VERS,

Représentée sur le Théâtre de l'Impératrice, rue de Louvois, le 6 frimaire an 14. (27 novembre 1805.)

PAR Mr. ST.-JUST.

Les passions en engendrent souvent qui leur sont contraires : l'avarice produit quelquefois la prodigalité, et la prodigalité l'avarice.

Maximes de la Rochefoucault.

PRIX : 1 franc 50 cent. (30 sols.)

A PARIS,

Chez VENTE, Libraire, boulevard des Italiens, No. 7, près la rue Favart.

1806.

PERSONNAGES.	ACTEURS.
FONDOR.	M. PICARD.
Mme. FONDOR, femme de Fondor.	Mme. MOLÉ.
ERNESTINE, leur fille.	Mlle. ADELINE.
ROSALBAN, fils d'un ministre.	M. DORSAN.
DUPONT, amoureux d'Ernestine.	M. VALCOUR.
MATHIEU, factotum de Fondor.	M. VALVILLE.
MARCEL, fermier de Fondor.	M. PICARD jeune.

VOISINS DE FONDOR, MUSICIENS, DOMESTIQUES.

La scène se passe en Picardie, dans le château de Fondor.

L'AVARE FASTUEUX,

COMÉDIE.

ACTE PREMIER.

Le Théâtre représente un Salon orné de Tableaux. Il y a un secrétaire sur la droite, une table avec du papier sur la gauche.

SCENE PREMIERE.

Mme. FONDOR, DUPONT.

Mme. FONDOR.

ALLONS, mon cher Dupont, calmez un peu vos sens;
C'est trop vous alarmer. Dès vos plus jeunes ans,
Mon époux vous promit de vous nommer son gendre;
Pour père vous avez son ami le plus tendre;
Je vous sers, et ma fille, approuvant nos desseins,
Par le don de son cœur, rend vos droits plus certains.

DUPONT.

Mes droits, me dites-vous !.... Ils sont sacrés, sans doute!
Mais je n'en crains pas moins.

Mme. FONDOR.

Comment ?

DUPONT.

Oui, je redoute

Que Fondor, en secret, ne forme un nouveau plan,
Et ne donne Ernestine à monsieur Rosalban.
Mon rival a, dit-on....

Mme. FONDOR.

Tout ce qu'il faut pour plaire.
Il est jeune encor, riche; et de plus, a pour père
Un ministre!

DUPONT.

J'entends; ses biens, sa qualité
Auront de votre époux flatté la vanité.
La richesse, le faste ont pour lui tant de charmes!

Mme. FONDOR.

C'est vrai.

DUPONT.

Qu'un tel rival doit me causer d'alarmes!

Mme. FONDOR.

Il faut en convenir; Rosalban réunit
Les qualités du cœur aux graces de l'esprit;
Généreux, obligeant, comme exemple on le cite,
Et l'on paraît par-tout d'accord sur son mérite.
Il vit l'hiver dernier Ernestine à Paris,
Et dès le premiér jour, il en parut épris.

DUPONT.

Ainsi le fait est clair; je vois qu'il faut conclure....

Mme. FONDOR.

Que Rosalban, sans doute, aime votre future:
Mais est-ce une raison pour qu'il soit son époux?
Son rang parle pour lui, l'amour parle pour vous;
Votre cause, mon cher, vaut bien mieux que la sienne,
Avec un tel secours, il n'est rien qu'on n'obtienne;
On triomphe aisément des obstacles, du sort,
Et l'amant qu'on préfère est toujours le plus fort.

DUPONT.

C'est très-bien; mais pourtant, tenant l'état d'un prince,
Monsieur de Rosalban parcourt cette province,
Et même il doit venir, si j'en crois votre époux,
Passer dans ce château quelque tems avec nous.

Mme. FONDOR.

Hélas! mon cher Dupont, il est tems qu'il arrive;
De tout, en l'attendant, vous voyez qu'on nous prive;
Sur le moment présent, Fondor veut rattraper
Ce qu'un jour pour son hôte il faudra dissiper:
La triste économie et l'austère abstinence
Qu'il fait régner chez lui, nous préparent d'avance
Aux splendides repas, au luxe éblouissant
Dont son avare orgueil jouit en enrageant.
C'est ainsi que toujours, sans souffrir de répliques,
Il nous fait acheter ses festins magnifiques;
Et que dans sa maison, bien et mal tour à tour,
On jeûne un mois entier, pour bien dîner un jour.

DUPONT.

Je ne puis revenir d'un semblable contraste;
A l'extrême avarice unir l'amour du faste!

Mme. FONDOR.

Oui; tantôt d'amasser éprouvant le desir,
Et tantôt tourmenté du besoin d'éblouir,
Il sent combattre en lui deux passions rivales;
Mais, hélas! par malheur, leurs forces sont égales;
Si bien que lorsqu'ensemble elles veulent luter,
Jamais l'une ne peut sur l'autre l'emporter.
Quand l'or l'attire, on voit l'amour-propre en alarmes;
Quand l'orgueil le saisit, l'avarice est en larmes.
Voilà comme Fondor, à la gêne, incertain,
Ne peut thésauriser, ni briller sans chagrin.

Du reste, bon, comique en son extravagance....
Mais quel bruit dans la cour !... C'est lui-même, je pense.
De la ville voisine il revient.... Laissez-nous ;
Je veux m'instruire, enfin, de ses projets sur vous.

DUPONT.

Hé bien, qu'en ma faveur votre esprit le dispose ;
Aux soins de l'amitié l'amour remet sa cause.

Mme. FONDOR.

Je ferai de mon mieux. (*Dupont sort.*) Je ne me trompais pas,
Et de mon cher époux je reconnais le pas.

SCENE II.

FONDOR, Mme. FONDOR.

(*Fondor entre en finissant de boutonner un habit fort simple, qu'il vient de passer à la place d'un très-brillant, qu'un de ses domestiques porte sur son bras.*)

FONDOR (*au domestique.*)

Emportez cet habit ; que vîte on le resserre....
Les gens de ce village ont remarqué, j'espère,
Mes chevaux, ma livrée ?

LE DOMESTIQUE.

Ils n'ont rien vu.

FONDOR.

Pourquoi ?

LE DOMESTIQUE.

Il pleut tant que chacun était resté chez soi.

FONDOR.

Au lieu de s'empresser sur mes pas!...

LE DOMESTIQUE.

Bien tranquilles

Chez eux, ces bonnes gens dînaient.

FONDOR.

Les imbécilles !....

Allez : d'où nous venons vous avez déjeûné ;
Ainsi donc aujourd'hui, pour vous, pas de dîné.
Vous dirlogin à Mathieu qu'il vienne ici se rendre.

(*Le domestique sort.*)

SCENE III.

FONDOR, Mme. FONDOR.

Mme. FONDOR.

TROUVEREZ-VOUS, monsieur, un instant pour m'entendre?

FONDOR.

Le tems me presse.

Mme. FONDOR.

Eh bien ! je ne dirai qu'un mot.

Ma fille....

FONDOR.

Est une folle.

Mme. FONDOR.

Et Dupont....

FONDOR.

Est un sot.

Mme. FONDOR.

C'est fort bien ; mais, enfin, ce sot et cette folle
S'aiment, je crois.

FONDOR.

Tant mieux.

Mme. FONDOR.

Ils ont votre parole.

FONDOR.

Qu'ils la gardent.

Mme. FONDOR.

En vous est leur espoir.

FONDOR.

C'est bien.

Mme. FONDOR.

Vous savez, monsieur....

FONDOR.

Tout.

Mme. FONDOR.

Et vous décidez ?

FONDOR.

Rien.

Mme. FONDOR.

Observez, cependant, qu'Ernestine est dans l'âge
Où nous devons songer pour elle au mariage.

FONDOR.

Elle a quinze ans au plus!

Mme. FONDOR.

Dites seize.

FONDOR.

Ma foi!
La différence est grande.

Mme. FONDOR.

Ah! très-grande, je croi.

FONDOR.

C'est une année.

Mme. FONDOR.

Oui; mais cette année est la bonne,
Celle où le cœur s'éveille; alors l'esprit raisonne;
De savoir, de sentir, le jour est arrivé,
On se cherche à quinze ans, à seize on s'est trouvé.

FONDOR.

Ernestine, après tout, est-elle si pressée ?

Mme. FONDOR.

Non; c'est Dupont qui craint que changeant de pensée....

FONDOR.

Je me suis engagé; mais à condition
Que son père obtiendrait la place en question.
Croit-il l'avoir avec sa folle modestie ?
Est-ce dans Saint-Denis, son illustre patrie,
Qu'on ira le chercher pour ce poste brillant ?
On ne va pas si loin déterrer le talent.

Mme. FONDOR.

Quand il obtiendrait la place qu'il demande,
Grace à vous, il faudra qu'à l'instant il la rende,
Puisqu'il ne peut, monsieur, compter sur votre appui
Pour avancer les fonds qu'on exige de lui.

FONDOR.

Prêter vingt mille francs, la somme est un peu forte !
D'ailleurs, je ne l'ai point.

Mme. FONDOR.

En agir de la sorte
Envers un vieil ami !

FONDOR.

Modérez un tel soin :
De long-tems, de ces fonds, Dupont n'aura besoin.

Mme. FONDOR.

Un homme fort puissant, m'a-t-on dit, le protége.

FONDOR.

Bel espoir sans effet ! Et puis, vous le dirai je ?
Qu'il réussisse ou non, vous espérez en vain
Qu'à son fils Ernestine unira son destin.

Mme. FONDOR.

Quelle raison....

FONDOR.

Je vais vous paraître baroque ;
Mais enfin, tout en lui, jusqu'à son nom, me choque.
Monsieur Dupont ! Vraiment l'on a bonne façon
A s'offrir dans un cercle avec un pareil nom !
Pour l'ennoblir il n'a pas même l'espérance
De lui joindre celui du lieu de sa naissance ;
Car, vous en conviendrez, ce serait encor pis,
Si l'on disait, monsieur Dupont de Saint-Denis.

Mme. FONDOR.

Tout commun qu'est ce nom, l'est-il plus que le vôtre,
Que vous fûtes forcé de changer contre un autre ?
Le père de Dupont peut bien tout comme vous
Trouver aisément.....

FONDOR.

Oui ; mais peut-il, entre nous,
Avec un autre nom, prendre d'autres manières ?
Celles du monde enfin, aux bourgeois étrangères.

Mme. FONDOR.

La conduite qu'il tient est bizarre en effet.
Dans son état, il vit content de ce qu'il est;
Sans rien donner au faste, il met sa jouissance
A répandre chez lui le bonheur et l'aisance,
Et croit que par ses airs se faire remarquer,
De soi, le plus souvent, c'est se faire moquer.
C'est peu de ces travers ; on devrait à l'entendre,
Parce qu'on l'a promis, choisir son fils pour gendre.
Il est bien votre ami ; mais son état ? aucun.
Il a des qualités ; mais un nom si commun !
Dupont de Saint-Denis ! Quelle mésalliance !

A de plus hauts partis doit aspirer, je pense,
Mon très-illustre époux, monsieur Jean Rigolot,
Issu d'un marguiller et natif de Chaillot. (*Elle sort.*)

FONDOR.

O femme! tu reçus tout exprès l'existence
Pour ouvrir un champ vaste à notre patience!

SCENE IV.

FONDOR, MATHIEU.

FONDOR.

Ah! Mathieu, te voilà? Je t'attendais.

MATHIEU (*arrivant très-lentement.*)

J'accours!

FONDOR.

Très-pressé pour l'instant....

MATHIEU (*traînant toutes ses paroles.*)

Moi, je le suis toujours.
Prompt dans mes actions comme dans mon langage,
La lenteur m'épouvante! Aussi dès mon bas âge,
De ma vivacité, mon père émerveillé,
Ne m'appellait jamais que Mathieu l'éveillé.

FONDOR.

Pour tarder si long-tems que pouvais-tu donc faire?

MATHIEU.

Je reposais. Il faut, soit dit sans vous déplaire,
Me lever si matin! Car pour veiller à tout,
Quand tout le monde dort, je suis déjà debout.

FONDOR.

Je saurai, cher Mathieu, récompenser ton zèle.
Pour l'instant j'en attend une preuve nouvelle.

Je dois sous peu de jours tenir un grand état;
Mais tout en affichant l'opulence et l'éclat,
Que l'épargne rigide au luxe soit unie,
Et prodiguons, mon cher, avec économie.
Tandis que j'aurai l'air de n'y mettre aucun prix,
Toi, des moindres objets, ramasse les débris.
A dissiper ainsi, tu sens bien qu'il m'en coûte;
Mais si tu connaissais mes raisons.....

MATHIEU.

Je m'en doute.
D'une intrigue aisément j'aperçois les ressorts.
Dieu merci! j'ai l'esprit aussi vif que le corps.

FONDOR.

Franchement, je ne sais encor quel parti prendre.
Dois-je ou non desirer voir Rosalban mon gendre?
De l'éclát de son rang je me sens transporté!....
De la dot qu'il faudra je suis épouvanté....,
Quel bruit ferait pourtant un pareil mariage!

MATHIEU.

Oui; mais songez qu'il faut, présens, noce, équipage....

FONDOR.

Tandis qu'avec Dupont, sans bruit et sans aprêts,
Je pourrais marier ma fille à peu de frais.

MATHIEU.

Oui!.... Mais à son rival unissant votre fille,
Sur vous réjaillirait tout l'éclat dont il brille.

FONDOR.

Sans doute. Tour à tour protégé, protecteur,
Je pourrais à mon aise étaler ma splendeur.
Sur moi, pleuvraient alors les honneurs et les places,
Et du sort à mon gré, prévenant les disgraces,

Je verrais mes amis, témoins de mon crédit,
Implorer ma faveur en crévant de dépit.
Il faut en convenir, ce serait agréable;
Eh, ma foi, ce parti me paraît préférable.

MATHIEU.

Oui.... Mais à tous ces grands, quand on veut s'allier,
On devient leur parent bien moins que leur caissier.
Se faisant de vos biens une honnête ressource,
Chaque jour on les voit puiser dans votre bourse;
Persuadés encor qu'ils vous font trop d'honneur.
Tout bien considéré, je conclus donc, monsieur....

FONDOR.

Quoi donc?

MATHIEU.

Qu'après avoir ensemble, en homme sages,
Ainsi que les dangers pesé les avantages
Qu'offrent les deux partis; il en est résulté
Que chacun a son bon et son mauvais côté.

FONDOR.

Le sot!.... Mais à propos....

MATHIEU.

Quoi donc?

FONDOR.

Quand les copies
De ces tableaux flamands seront-elles finies?

MATHIEU.

Près des autres, déjà, vous les voyez, monsieur.

FONDOR.

Ah! bon... On y prendrait le plus fin connaisseur.
Moi, d'ailleurs, je tiens moins aux tableaux qu'aux bordures.
N'en doute point, l'éclat de leurs riches dorures

En impose bien plus à tous nos bons Picards,
Que les meilleurs Rubens offerts à leurs regards.

MATHIEU.

Si l'on allait pourtant approfondir la chose.....

FONDOR.

Suffit.... Pour Rosalban, tu sais que je dispose
Le salon en rotonde : est-il prêt?

MATHIEU.

Pas encor;
Et cependant, monsieur, je me dépêche fort.
Mais j'ai lieu d'espérer, grace à mon zèle extrême,
Que dans huit jours....

FONDOR.

Comment?... Demain, aujourd'hui même
Rosalban peut venir!

MATHIEU (*très-tranquillement.*)

Vous me faites trembler!
Allons, d'activité je vais donc redoubler.
Mais je vois s'avancer ici mademoiselle.
Je me retire et vole où le devoir m'appelle.
(*Il s'en va aussi doucement qu'il est venu.*)

SCENE V.

FONDOR, ERNESTINE.

ERNESTINE.

Mon père, vous voilà....

FONDOR (*avec bonté.*)

Bonjour; embrasse-moi.

ERNESTINE.

Je viens vous demander....

FONDOR (*avec humeur.*)

Me demander.... Hé quoi?

ERNESTINE.

Comment vous vous portez.

FONDOR (*se radoucissant.*)

Bien, ma chère Ernestine.

ERNESTINE.

A votre esprit, ce nom rappelle, j'imagine,
Que c'est demain le jour de ma fête?

FONDOR.

Fort bien.
J'ai besoin d'être seul.

ERNESTINE.

Je ne demande rien....

FONDOR (*la pressant dans ses bras.*)

Approche, mon enfant.

ERNESTINE.

Oui, je vous le répète,
Je ne demande rien pour moi, c'est pour Rosette,
La nièce de Marcel, votre honnête fermier....

FONDOR (*cessant de la tenir dans ses bras.*)

Hé bien! mademoiselle?

ERNESTINE.

On doit la marier
La semaine prochaine, et je voudrais, mon père....

FONDOR.

Quoi?

ERNESTINE.

Qu'au lieu du présent que vous comptez me faire,
Vous remplissiez mes vœux, en faisant quelque bien
A cette pauvre enfant, qui je pense n'a rien.

Le bonheur de l'aider, quand son hymen s'apprête,
Mon père, est le bouquet que j'attends pour ma fête.

FONDOR.

Ma foi, s'il est ainsi, vous l'attendrez long-tems.
Où donc avez-vous vu qu'on fêtât ses enfans?
C'était bon autrefois : cette sotte méthode,
Au Marais, tout au plus, est encor à la mode.

ERRESTINE.

Oui; mais aux malheureux accorder des bienfaits,
Cet usage est trop doux pour qu'il change jamais!
J'ose donc espérer qu'en faveur de Rosette....

FONDOR.

Que son oncle, avant tout, s'acquitte de sa dette.
Voilà son terme échu.

ERNESTINE.

N'ayez nulle frayeur;
A ses engagemens Marcel sait faire honneur.
De tous il a l'estime, et de plus la mérite.
Dernièrement encor quelle fut sa conduite!
Au village voisin le feu prend dans la nuit;
Il y court, mais en vain son zèle le conduit:
N'ayant pu s'opposer à la fureur des flammes,
Il recueille chez lui les enfans et les femmes;
Du fruit de son travail il prétend les nourrir,
Et paraît sous le toit qui sert à les couvrir,
Non point un bienfaiteur qu'entoure l'indigence,
Mais un père au milieu d'une famille immense.

FONDOR.

Une telle action a dû coûter beaucoup!
Mais quel bruit elle a fait! on en parle par-tout.

ERNESTINE.

Excepté chez Marcel.

SCENE VI.

FONDOR, Mme. FONDOR, ERNESTINE.

Mme. FONDOR.

Je te cherche, Ernestine.
Viens donc voir un marchand dans la salle voisine.

ERNESTINE.

Un marchand ! Que vend-il ?

Mme. FONDOR.

Etoffes et bijoux,
Qui doivent, par leur choix, contenter tous les goûts.
Allons, suis moi ; je veux te consulter, ma chère,
Sur la couleur d'un schall.

FONDOR.

Il est bien nécessaire.

Mme. FONDOR.

Oui, monsieur.

FONDOR.

La parure a pour vous tant d'attrait !

Mme. FONDOR.

Sans doute ; à tous les yeux c'est ainsi que l'on plait.

FONDOR.

Ce n'est qu'à son mari que doit plaire une femme.

Mme. FONDOR.

C'est mon seul but.

FONDOR.

Hé bien ! vous me plaisez, madame ;
Ainsi, sans plus de frais....

Mme. FONDOR.

Ma toilette est si bien !

FONDOR.

Puisqu'elle est de mon goût, il ne lui manque rien.

Mme. FONDOR.

Vous me trouvez donc mise?....

FONDOR.

Avec un soin extrême.

Mme. FONDOR.

On a l'œil indulgent pour juger ce qu'on aime.

FONDOR.

Puisqu'il faut s'expliquer en des termes plus francs,
Je vous dirai qu'au lieu de perdre votre tems
A ne parler que mode et toilette nouvelle,
Vous devriez plutôt, à mes leçons fidelle,
Prêcher l'économie, et tâcher par vos soins,
Que chacun de vos gens dépensât un peu moins.
Le cuisinier, sur-tout, mange un argent énorme,
Et c'est par lui qu'il faut commencer la réforme.

SCENE VII.

LES PRÉCÉDENS, MATHIEU.

MATHIEU (*très-froidement.*)

Grande nouvelle!

FONDOR.

Eh bien?

MATHIEU.

La sauriez-vous déjà?

FONDOR.

Non : qu'est-ce?

MATHIEU.

Quoi, vraiment?

FONDOR.

Voyez s'il parlera !

Mme. FONDOR.

Que sais-tu donc, Mathieu ?

MATHIEU.

Que dans cette demeure,
Monsieur de Rosalban arrive avant une heure.

FONDOR.

Monsieur de Rosalban !

MATHIEU.

Ses courriers sont en bas.

FONDOR.

Tous mes vœux sont comblés !

MATHIEU.

Ils font un embarras !....

FONDOR.

Allons, qu'on me seconde; et grace à votre zèle,
Que tout prenne en ces lieux une face nouvelle.
Que l'aisance et le luxe habitent ce séjour....

(*A Ernestine.*)

De ta fête, tu dis que c'est demain le jour ?

ERNESTINE.

Oui.

FONDOR.

Bon ! En ton honneur, ce soir, chère Ernestine ;
On fait de la musique, on danse, on illumine....
Je sais l'art d'éblouir un hôte à peu de frais ;
Le prétexte est heureux, et sert bien mes projets.
Rien de plus naturel que de fêter sa fille,
Et c'est le plus doux soin d'un père de famille.

ERNESTINE.

C'était bon autrefois; mais je sais qu'à présent
On n'en agit ainsi qu'au Marais seulement.

FONDOR.

Paix ! Sans tant discourir, volez à la toilette.

Mme. FONDOR.

La mienne, par malheur, pour la journée est faite.

FONDOR (*avec ironie.*)

Ce négligé me semble en effet très-galant,
Et ne saurait manquer de charmer Rosalban.

Mme. FONDOR.

Cela m'importe peu !

FONDOR (*avec humeur.*)

Vous avez tort, madame !

Mme. FONDOR.

Ce n'est qu'à son époux que doit plaire une femme.
Je vous plais, mon ami, c'est tout ce qu'il me faut.

FONDOR.

Vains discours que cela ! persifflage assez sot !
Suivant les cas, se régle un esprit raisonnable.
Cette toilette enfin, entre nous seuls, passable,
Peut, pour un jour d'éclat, ne point paraître bien.

Mme. FONDOR.

Elle est de votre goût, il ne lui manque rien.

FONDOR.

Vous aurez la bonté pourtant d'en faire une autre.

Mme. FONDOR.

Non pas.

FONDOR.

Si fait, parbleu ! quelle tête est la vôtre !
Je suis homme, madame, et je sais commander.

Mme. FONDOR.

Je suis femme, monsieur, et ne sais point céder.
Laissez-là, croyez-moi, la menace et l'injure ;
Priez, et nous verrons.

FONDOR.

Hé bien ! je vous conjure
De mettre à vous parer et les soins et le tems
Que vous y prodiguez quand je vous le défens.

Mme. FONDOR.

Je me rends. Vous, monsieur, pour avoir l'avantage
De recevoir chez vous quelqu'un de haut parage,
Dépensez à plaisir.

FONDOR.

Connaissez mieux mes plans.
Si j'attire chez moi des gens riches, puissans,
Des graces, du crédit, je trouve en eux la source.
En pareille occurence, ouvrir ainsi sa bourse,
Ce n'est point, croyez-moi, dépenser à plaisir,
C'est savoir à propos semer pour recueillir :
Mais je crois que j'entends au loin une voiture....
Emmenez votre fille, et soignez sa parure ;
Moi, je vais ordonner un repas de façon
A montrer sur quel pied j'ai monté ma maison.

Mme. FONDOR (*souriant.*)

Vos sermons n'étaient donc, monsieur, que pour la forme ?

ERNESTINE.

Tout à l'heure, il est vrai, vous prêchiez la réforme ?

FONDOR.

Sans doute.

ERNESTINE.

Et maintenant....

FONDOR.

Je suis d'un autre avis ;
C'est tout simple. Vient-il du monde en ce logis ?
Je dois vouloir, je veux que mon cuisinier brille.....
Mais à quoi bon manger quand on est en famille ?

FIN DU PREMIER ACTE.

ACTE II.

SCENE PREMIERE.

DUPONT, ERNESTINE.

DUPONT.

TANDIS que votre père, enflé d'un fol orgueil,
Prodigue à Rosalban le plus aimable accueil,
Seuls en ces lieux, souffrez que je vous entretienne.

ERNESTINE.

A quoi bon? Puis-je donc adoucir votre peine?

DUPONT.

Oui : l'on sent moins les maux dont on est accablé,
Quand parce que l'on aime on se voit consolé.
Si vous saviez !....

ERNESTINE.

Hélas ! même sort est le nôtre;
Et je lis dans mon cœur tous les chagrins du vôtre.

DUPONT.

Pour me désespérer, c'est peu que Rosalban
Se montre digne en tout du bonheur qui l'attend,
Il faut que ce billet, redoublant ma souffrance,
Vienne encor me ravir ma dernière espérance.

ERNESTINE.

Eh ! qui donc vous l'écrit ?

DUPONT.

Mon père. Il se flattait
Qu'en obtenant l'emploi que le vôtre exigeait,
Il pourrait le sommer de tenir sa parole ;
Mais il formait en vain un espoir si frivole ;

Et de son protecteur, le silence et l'oubli
Prouvent assez combien son zèle est refroidi.

ERNESTINE.

D'où vient ce changement ?

DUPONT.

Informé que mon père
N'avait point pour ses fonds la somme nécessaire,
Il aura cru dès lors qu'il n'était plus besoin
De prendre en sa faveur un inutile soin.

ERNESTINE.

Quoi ! faute de donner, comme on l'exige,
Vingt mille francs comptant, plus d'espoir....

DUPONT.

Non, vous dis-je.
Tel est l'effet cruel du refus outrageant
Que mon père reçoit du vôtre en cet instant.
Convenez donc, enfin, qu'une action si noire....

ERNESTINE.

Je ne la juge point. Dupont, daignez m'en croire,
Pour ne point attirer sur nous de maux plus grands,
Couvrons de nos respects les torts de nos parens.
Calmez donc ces transports, et tenant vos promesses,
De l'auteur de mes jours ménagez les faiblesses.

DUPONT.

Qui plus que moi, jamais, eut des égards pour lui !
J'en donne même encor une preuve aujourd'hui.
Rosalban, tout à l'heure, informait votre père
Qu'il avait à sa suite un jeune secrétaire,
Qui d'une forte fièvre attaqué cette nuit,
Avait été contraint de rester dans son lit :
» Je craignais, disait-il, pour ma correspondance
» Mais tranquille à présent, avec raison je pense

» Qu'en un château monté comme celui-ci,
» D'un pareil embarras on est bientôt sorti.
» Daignez donc m'indiquer un de vos secrétaires,
» Qui m'aide à suivre ici le cours de mes affaires. »
Fondor pris en défaut, plein de honte et d'orgueil,
Se retourne vers moi, me fait signe de l'œil;
Je conçois ses projets; je fais plus, je m'y prête.
Par là, sa vanité se trouve satisfaite,
Et dès lors à son hôte à l'instant présenté,
Je me vois secrétaire en pleine activité.

ERNESTINE.

De ses goûts opposés le mélange assez rare,
Fait naître chaque jour quelque scène bizarre.
En ce moment encor j'ignore son projet,
Mais, tout bas à Mathieu, j'entendais qu'il disait,
Qu'aidé de ses secours, il voulait en cachette
Retirer son argent de sa sombre retraite;
Et que pour des raisons qu'il connaîtrait dans peu,
Il fallait au plutôt l'apporter en ce lieu.
Sans doute ils vont venir.... Dans l'ombre du mistère
Leur expédition paraît devoir se faire.
Laissons-les donc en paix exécuter leur plan,
Et rejoignons ma mère et monsieur Rosalban.

DUPONT.

N'entends-je pas quelqu'un?

SCENE II.

DUPONT, ERNESTINE, MARCEL.

ERNESTINE.

Ah! c'est Marcel.

MARCEL.

Lui-même,

Qui de vous rencontrer, sent un plaisir extrême.

ERNESTINE.

Comment cela va-t-il ?

MARCEL.

Pas trop mal, Dieu merci !
Vivant sans bien, sans femme, et partant sans souci.
Quand mes greniers sont pleins, mon cœur s'en félicite,
Et des faveurs du ciel le malheureux profite.
Quand la moisson va mal, je n'en murmure pas ;
J'ai pour soutien l'espoir, pour aide deux bons bras ;
Et ce qui vaut bien mieux encor, la Providence,
Qui, toujours au travail, donne sa récompense.

ERNESTINE.

Qui plus que vous, Marcel, a droit à ses bienfaits !
Mais vers nous, quel sujet vous conduit ?

MARCEL.

Je voudrais
Demander quelque chose à monsieur votre père,
Dont dépend....

DUPONT.

Pour l'instant, je le crois en affaire.

MARCEL.

J'attendrai. Vous sortiez ; ne vous dérangez pas.

ERNESTINE.

Adieu donc. Puissiez-vous ne pas perdre vos pas !
Au revoir, bon Marcel. (*Elle sort avec Dupont.*)

SCENE III.

MARCEL.

QUELLE aimable personne !
Si de monsieur Fondor l'ame était aussi bonne,

Il m'en coûterait moins d'implorer son appui.
Mais voyons sur ce livre où j'en suis avec lui.
(*Il tire de sa poche un livre de compte, qu'il consulte.*)

SCENE IV.

FONDOR, MATHIEU, MARCEL.

(*Fondor et Mathieu portent sous le pan de leurs habits des sacs d'argent, dont le poids paraît les fatiguer beaucoup. Ils n'aperçoivent pas d'abord Marcel, qui est occupé à lire son registre.*

FONDOR.

LA charge est bonne !

MATHIEU.

Vîte, ouvrez le secrétaire,
Où vous allez, monsieur, voir tout rouler par terre.

FONDOR (*allant à son secrétaire.*)

Ouf! Quelques pas de plus, et ma foi... Ciel! quelqu'un!
C'est Marcel.

MATHIEU.

Que le diable emporte l'importun !

FONDOR.

Je gagerais qu'il vient m'implorer pour sa nièce:
Gardons-nous qu'à ses yeux cet argent ne paraisse.

MATHIEU.

Hatez-vous, en ce cas, de le congédier.

FONDOR (*à Marcel.*)

Que fais-tu là ?

MARCEL (*remettant son registre dans sa poche.*)

Pardon; je venais vous prier....

FONDOR.

Je ne puis.

MARCEL.

Ecoutez.

FONDOR.

Non.

MARCEL.

Je vous en conjure!

FONDOR.

Tu reviendras demain.

MARCEL.

L'affaire est de nature,
Monsieur, à ne pouvoir se remettre.

FONDOR.

Comment?
Tu viens donc, cher Marcel, m'apporter de l'argent!

MARCEL.

Pas encor. Je vous fais attendre un peu ce terme:
Mais je vous l'avouerai, le produit de ma ferme
A passé tout entier à ces incendiés,
Qui chez moi, cet hiver, se sont réfugiés;
Si bien que jouissant d'un avoir fort modeste,
Un sac de mille francs est tout ce qui me reste.

FONDOR.

C'est assez, puisque c'est ce que tu me dois.

MARCEL.

Oui?

FONDOR.

Sans doute; ainsi viens donc t'acquitter aujourd'hui.

MARCEL.

Chez vous, ce peu d'argent ne profitera guère.
Chez nous, c'est différent; il nous vaudra, j'espère,
Une dot, un époux, et même avec le tems,
Quelques petits neveux, soutiens de mes vieux ans.

FONDOR.

De ta postérité fort peu je m'inquiette;
Mais j'ai besoin de fonds, et compte sur ta dette.

MARCEL.

Qui, vous! manquer d'argent? J'aurai plutôt pensé
Que vous deviez, monsieur, en être embarrassé.

FONDOR (*à part.*)

Ouf!

MATHIEU (*à part.*)

Aih! mon bras!

MARCEL (*à part.*)

J'ignore en eux ce qui se passe;
Mais ils font, l'un et l'autre, une laide grimace.
(*A Fondor.*)
Ainsi donc?....

FONDOR.

Pour l'instant, je suis sans argent.

(*Tous ces sacs tombent. Mathieu, en voulant les retenir, laisse aussi tomber les siens.*)

MARCEL.

Dieux!
Que de dot! Que d'époux!... Que de petits neveux!
(*A Fondor.*)
Vous êtes sans argent? Eh! son poids vous accâble!

FONDOR (*à part.*)

Que lui dire? Faisons une nouvelle fable.
(*Haut.*)
Je ne te trompais point; par un de mes amis,
En mes mains, depuis peu, ce dépôt fut remis.
Sans crime puis-je donc toucher à cette somme?

MARCEL.

Un dépôt!.... Gardez-vous....

FONDOR.

Rassure-toi, brave homme;
Vas, n'eussé-je plus rien, je le respecterais.

MARCEL.

Et de bien bon cœur, moi, je vous approuverais....

Allons; ne parlons plus de dot, de mariage,
A l'instant, sans vouloir vous presser davantage,
Avec mes mille francs je reviens en ce lieu.
(*A part.*)
A ma race future il faut donc dire adieu! (*Il sort.*)

SCENE V.

FONDOR, MATHIEU,

FONDOR,
(*Après avoir placé son argent dans son secrétaire.*)

Bon, le voilà parti. C'est bien là tout, je pense.
C'est bon.... Mettons ainsi le tout en évidence.
Rosalban va venir; que ces billets nombreux,
Ces sacs et ces rouleaux frappent soudain ses yeux.
(*Il tire de sa poche des billets de caisse et des rouleaux, qu'il met, ainsi que les sacs, sur le devant du secrétaire.*)

MATHIEU.

Étant tous deux d'accord, vous voulez, j'imagine,
De la dot destinée à l'aimable Ernestine,
Lui faire voir d'avance un faible échantillon.

FONDOR.

Ce n'est pas mon seul but : on dit avec raison
Que l'or attire l'or. Je veux, par cette épreuve,
En acquérir moi-même une nouvelle preuve.

MATHIEU.

Comment donc?

FONDOR.

Rosalban, sans paraître y penser,
Tout à l'heure m'a dit qu'il aurait à placer,
Dans un mois au plus tard, une assez forte somme.
Il cherche à la remettre entre les mains d'un homme
Dont la grande fortune et les possessions
Puissent lui présenter de sûres cautions.

Faisons qu'à chaque pas, témoin de ma richesse,
A m'offrir son argent de lui-même il s'empresse.
Qu'il réponde à mes plans, et de ses fonds muni,
Je me chargerai, moi, de tirer bon parti.

MATHIEU.

Vous n'en allez pas moins dépenser....

FONDOR.

Peu de chose.

MATHIEU.

Ne comptez-vous pas ?....

FONDOR.

Oui; pour ce soir, je dispose
Une fête champêtre.

MATHIEU.

Il fait un vent !....

FONDOR.

Affreux.

MATHIEU.

Il va pleuvoir....

FONDOR.

Fort bien !

MATHIEU.

Même tonner !

FONDOR.

Tant mieux!

MATHIEU.

Pourquoi donc tant de frais, quand leur perte est certaine?

FONDOR.

Ils sont tels, qu'on pourrait les calculer sans peine.

MATHIEU.

D'abord, dans les bosquets, illuminations....

FONDOR.

Grands aprêts au-dehors, rien dans les lampions.

MATHIEU.

Virtuoses fameux! enfans de l'Italie....

FONDOR.

Mauvais ménétriers, natifs de Picardie.

MATHIEU.

Grand nombre de voisins à la fête invités....

FONDOR.

Et dont sur mon bureau les billets sont restés.

MATHIEU.

Quoi, vraiment?.... En effet, la manière est plaisante;
Et ce programme annonce une fête charmante.
Mais quand l'heure viendra, si l'on veut voir, monsieur
L'illumination?

FONDOR.

L'ouragan, par malheur,
Est tel qu'en vains efforts l'ouvrier se consume;
A chaque instant le vent éteint ce qu'on allume.

MATHIEU.

Pour vos musiciens vous avez annoncé
Qu'au jardin un orchestre avait été dressé,
Et qu'au milieu des bois, cor, flûte et clarinette
Répandraient dans les airs leur union parfaite.
Chacun voudra jouir de ces divins accords.

FONDOR.

Il faudrait pour cela s'exposer au-dehors;
Car de tels instrumens, qui de loin font merveille
De près, dans un salon, étourdissent l'oreille.

MATHIEU.

Mais on s'attend à voir arriver vos voisins.

FONDOR.

Impossible! La pluie a rompu les chemins.

MATHIEU.

Pour donner dans un parc une fête accomplie,
Vivent donc, et le vent, et le froid, et la pluie!

FONDOR.

Irais-je donc en sot, quand le ciel est bien clair,
M'aviser d'annoncer une fête en plein air?

Non, non; en pareil cas, avant de rien promettre,
J'ai soin de consulter toujours mon baromètre.
Mais j'entends Rosalban. Va donc de ton côté
Me seconder.

MATHIEU.

Comptez sur mon activité. (*Il sort.*)

SCENE VI.

FONDOR, ROSALBAN.

FONDOR.

On ouvre ! Attention.
(*Il se met à son secrétaire et s'occupe à ranger son argent.*)

ROSALBAN (*à part, au fond du théâtre.*)

Bon ! l'instant est propice ;
Il faut qu'enfin sur lui mon doute s'éclaircisse.
Souvent le bruit public est méchant ou trompeur ;
Jugeons donc par nous-même et pénétrons son cœur.

FONDOR (*à part.*)

Il approche.

ROSALBAN.

Il m'a vu.

FONDOR (*de manière à être entendu de Rosalban.*)

Pour les frais de la fête,
Cent louis ;. . les voici. Pour cet artiste honnête,
Dont la fortune est loin d'égaler le talent,
Deux cents pistoles ;. . . bon. A Marcel à présent ;
Son noble procédé le laisse sans ressource ;
Mettons donc mille écus pour lui dans cette bourse.
(*Il met la bourse dans sa poche.*)

ROSALBAN (*s'approchant de Fondor.*

D'après ce qu'on m'a dit, jamais on ne pourra
Mieux placer un bienfait.

FONDOR (*jouant l'étonnement.*)

Ah ! monsieur ! vous voilà ?

ROSALBAN.

Oui : j'admirais comment, en véritable sage,
Vous jouissez des biens qui sont votre partage.
Tantôt noble, brillant, et tantôt simple, uni,
L'agréable à l'utile est par vous réuni ;
Tour à tour, en ce lieu, votre munificence
Fait régner les plaisirs, les arts, la bienfaisance.
Ah ! du riche toujours, s'il consultait son cœur,
Tel serait le devoir... ou plutôt le bonheur !
Quel délice, en effet, pour un chef de famille,
De songer à fêter ou sa femme, ou sa fille,
De mettre tous ses soins à répandre sur eux
Des biens qu'il n'a cherché que pour les rendre heureux !
Qu'est-ce donc ! quand des arts la divine influence,
Au mortel fortuné fait sentir sa puissance ?
Quand, par l'impulsion d'un noble mouvement,
On le voit protéger, honorer le talent,
Lui tendre, sans orgueil, une main secourable,
Et mériter l'honneur d'obliger son semblable !
C'est alors que le riche, heureux de son trésor,
Des heureux qu'il a faits, le devient plus encor.

FONDOR.

Malgré ses soins, souvent, au pauvre il ne plait guère.

ROSALBAN.

C'est que de ce portrait, souvent plus d'un diffère ;
Si l'on en voit de bons, il en est de mauvais :
Et vous même, monsieur, n'en vîtes-vous jamais ?

FONDOR.

Ma foi non.

ROSALBAN.

Cependant l'espèce en est commune.
On connaît plus d'un riche, au sein de la fortune,

Dont le plaisir unique, en veillant son trésor,
Est d'entasser toujours pour entasser encor;
Par les privations qu'il s'impose sans cesse,
L'or ne produit chez lui que l'affreuse détresse;
Et négligeant des siens les plaisirs, les besoins,
Par d'éternels refus il reconnaît leurs soins.
Croit-il donc de la vie avoir senti les charmes!
Jamais des malheureux il n'a séché les larmes;
Et les arts, qui, sans fruit, imploraient son secours,
Jamais, pour l'en punir, n'ont embelli ses jours.
Quelquefois, par orgueil, sa main s'est entr'ouverte:
Mais qu'un ami subisse un malheur, une perte,
De son or, cette main, loin de se désaisir,
Se referme aussitôt pour ne plus se r'ouvrir:
Du mauvais riche au bon telle est la différence;
L'un fait aux malheureux haïr son opulence,
Par eux il est maudit jusqu'à son dernier jour:
L'autre, soutien du pauvre, en est aussi l'amour,
Et paraît à ses yeux un ange tutélaire,
Dispensateur des biens répandus sur la terre.

FONDOR.

Pour moi, tout en croyant qu'il soit beaucoup d'ingrats,
Du plaisir d'obliger je ne me défends pas:
Je mets, je l'avouerai, mes grandes jouissances
A servir mes amis, même mes connaissances;
Je n'en laisse échapper aucune occasion;
Et, selon le besoin ou la position
De ceux auxquels je puis offrir quelque ressource,
J'emploie, en leur faveur, ou mes soins ou ma bourse.
Les uns demandent-ils de l'argent? C'est pour eux
Que ces billets sont là. Les autres, plus heureux,
Sont-ils embarrassés de placer quelque somme?
Craignent-ils qu'on les trompe? Hé bien! je suis leur homme,

Ils m'apportent leurs fonds : par complaisance, alors,
Je les prends. S'ils n'ont point d'intérêts très-forts,
Qui peseraient sans doute à leur délicatesse,
Ils trouvent en revanche, au moins, dans ma richesse,
Dans ma moralité, des garans bien certains
Que leur or ne peut être en de meilleures mains.

ROSALBAN.

Sans doute, on ne peut trop priser un tel service.

FONDOR (*à part.*)

Bien!

ROSALBAN (*à part.*)

Il pourrait m'aider à rendre un bon office
(*Haut.*)
Oui, ces occasions sont rares à s'offrir,
Et l'on doit s'empresser, je crois, de les saisir.

FONDOR (*à part.*)

Il y vient.

ROSALBAN.

Ce qu'en vous par-dessus tout j'estime,
C'est ce zèle obligeant qui toujours vous anime,
Et dont j'aurais déjà pu réclamer l'effet,
Si je ne craignais point de paraître indiscret.

FONDOR (*à part.*)

Je tiens ses fonds. (*Haut*) Comment, vous hésitez, je pense?
Parlez....

ROSALBAN.

J'abuserais de votre complaisance.

FONDOR.

Point.

ROSALBAN.

Vous l'exigez?

FONDOR.

Oui; plus de retardemens.

ROSALBAN.

Hé bien !.... prêtez-moi donc, monsieur, vingt mille francs.

FONDOR (*à part.*)

Ciel ! qu'entends-je !

ROSALBAN.

Pardon ; mais vous jugez sans doute
Qu'on porte rarement pareille somme en route,
Sur-tout quand on s'éloigne aussi peu de Paris.
Je ne prévoyais point, alors que je partis,
L'embarras où se trouve un honnête et digne homme
Faute de n'avoir pas maintenant cette somme ;
Il en éprouve même un besoin si pressant,
Que je lui vais sur l'heure envoyer votre argent ;
J'en agis sans façon....

FONDOR (*à part.*)

Et c'est ce qui me tue !

ROSALBAN.

Mais cet or, ces billets exposés à ma vue,
Dont vous m'avez appris la destination,
Ont vaincu ma réserve en cette occasion.

FONDOR (*à part.*)

Où me suis-je fourré !

ROSALBAN.

Daignez donc me remettre
Sans tarder....

FONDOR.

Volontiers : voulez-vous bien permettre ?

(*A part, en allant à son secretaire chercher l'argent.*)

Il faut s'exécuter. Le proverbe aura tort,
Et l'or, pour cette fois, n'a point attiré l'or.

(*A Rosalban, en lui présentant les billets sans les lui donner.*)

Voilà vingt mille francs.

ROSALBAN.

C'est fort bien; mais j'espère
Que cela ne vous gêne en aucune manière ?

FONDOR (*à part, mettant les billets dans sa poche.*)
Si je pouvais!... (*Haut.*) Oh! non... Peut-être, cependant,
Aurais-je préféré....

ROSALBAN.

Parlez-moi librement;
Je possède un ami dans ces environs même,
Magnifique, obligeant, d'une richesse extrême :
Personne ne peut mieux....

FONDOR (*retirant les billets de sa poche.*)

Monsieur, vous avez tort;
Acceptez mon argent, ou vous me fâchez fort.

ROSALBAN.

Et puis je l'avouerai, de fort long-tems peut-être,
De vous rendre ces fonds, je ne serais pas maître.
Vous n'en exigeriez qu'un très-faible intérêt,
Peut-être même aucun; cela me gênerait.
(*Fondor remet les billets dans sa poche.*)
Ajoutez même encor que cette préférence,
Qui vous serait bien due en toute autre occurence,
Semblerait confirmer le bruit qui se répand :
On nous croirait tout près d'accomplir notre plan;
(*Fondor retire de nouveau les billets de sa poche.*)
Notre projet, alors, n'étant plus un mistère,
Il nous faudrait peut-être avancer une affaire
Que certaine raison m'engage à différer,
Malgré tout le bonheur que j'en dois augurer.

FONDOR.

Moi, sans rien calculer, quand je le peux, j'oblige :
Ainsi donc, acceptez.

ROSALBAN.

Vous voulez ?....

FONDOR (*lui mettant le porte-feuille dans la main*).

Je l'exige.

SCENE VII.

LES PRÉCÉDENS, Mme. FONDOR.

Mme. FONDOR (*à son mari.*)

QUE vous êtes heureux ! au gré de notre espoir,
Tout nous promet un tems superbe pour ce soir.
Un ciel calme et serein succède à la tempête,
Et de vous l'annoncer, je me fais une fête.

FONDOR (*avec une gaîté contrainte.*)

Un tel empressement, en honneur, me ravit.
Quelle heureuse nouvelle ! (*A part.*) O contretems maudit !

ROSALBAN.

Il eut été cruel que, trompant notre attente,
La pluie eût fait manquer cette fête charmante :
Vous attendez, dit-on, grand nombre de voisins?

FONDOR.

Oui, s'ils ne sont pas trop effrayés des chemins.

ROSALBAN.

Ils sont donc fort mauvais?

Mme. FONDOR (*vivement.*)

Non vraiment, c'est du sable;
De sorte qu'en tous tems la route est praticable.

FONDOR (*à part.*)

La voilà bien ! toujours contrariant mes plans.
(*Haut.*)
Je crains....

Mme. FONDOR.

Je vous réponds d'abord des Saint-Albans.
Car un de leurs valets, venu dans ce village,
A ses maîtres, sur l'heure, a porté mon message.
Et même avec eux tous, grace aux soins que j'ai pris,
Nous aurons leurs voisins, et de plus leurs amis.

FONDOR (*à part.*)

Courage !

Mme. FONDOR (*à Rosalban.*)

Ce sont gens d'un mérite assez mince ;
Originaux jamais sortis de leur province,
Mais on n'en rit que mieux à leurs dépens. (*à Fondor.*) Hé bien !
Me direz-vous toujours que je ne songe à rien ?

FONDOR.

En effet, on ne peut pousser plus loin la prévoyance.

ROSALBAN.

Pour tout le voisinage, il est heureux, je pense,
Qu'en ces lieux vous ayez fixé votre séjour ;
De fêtes, de plaisirs, occupé chaque jour....

FONDOR.

Sans doute ; à la campagne il faut bien se distraire.
Mais pourtant, croyez-moi, de bon cœur je préfère
Aux soins de divertir ces tristes campagnards,
Le plaisir d'être utile à quelques bons vieillards,
A quelques laboureurs malheureux, mais honnêtes ;
Les jours où j'y parviens sont mes vrais jours de fêtes.

SCENE VIII.

LES PRÉCÉDENS, MARCEL.

FONDOR (*à part, apercevant Marcel.*)

Que vois-je !

Mme. FONDOR.

Ah ! c'est Marcel.

ROSALBAN (*à Fondor.*)

Cet honnête fermier,
Qui de tant d'indigens prit soin l'hiver dernier ?
Et dont votre bon cœur....

FONDOR.

Oui monsieur, c'est lui-même;
Vous le voyez.

ROSALBAN.

Pour moi, c'est un plaisir extrême.

FONDOR.

C'est le meilleur garçon!... (*à part.*) Peste soit du coquin!
(*A Marcel.*)
Va-t-en.

MARCEL.

Mais j'apportais....

FONDOR.

Tu reviendras demain.

MARCEL.

Ma foi non; recevez....

FONDOR.

Pas pour l'instant, te dis-je.

MARCEL.

Refuser de toucher votre argent! Quel prodige!

Mme. FONDOR.

Vous paraissez avoir à parler avec lui;
Nous allons vous laisser.

FONDOR.

En effet, aujourd'hui
Nous devons terminer, entre nous, une affaire....

ROSALBAN.

Qui pour moi maintenant ne peut être un mistère.
Celui dont vous voulez vous couvrir à nos yeux,
Relève encor le prix de vos soins généreux;
Mais de votre projet, puisque j'ai connaissance,
Donnez un libre cours à votre bienfaisance,
Et laissez-nous jouir d'un spectacle aussi doux.

FONDOR (*à part.*)

Où veut-il en venir?

Mme. FONDOR.

Quelle énigme pour nous!

Comment?

ROSALBAN.

Les mille écus que monsieur se propose
De donner à Marcel éclairciront la chose.

FONDOR (*à part.*)

Allons! me voilà pris pour la seconde fois.

ROSALBAN.

Son argent est tout prêt.

MARCEL.

Vous confondez, je crois;
C'est moi, mon cher monsieur, qui venais au contraire...

FONDOR (*avec trouble.*)

Oui... c'est lui... (*à part.*) Je ne sais que dire ni que faire!

Mme. FONDOR (*à part.*)

De tout ce que j'entends que dois-je donc penser!

ROSALBAN (*à Fondor.*)

Hé bien! qu'attendez-vous?... Vous semblez balancer.
Quoi! votre intention n'est-elle plus la même?

FONDOR.

Je ne dis pas cela... (*à part.*) Quel embarras extrême!
Si je veux persister, c'est fait de mon argent.
Si j'ose reculer, quelle honte m'attend!

MARCEL.

Croirais-je qu'en effet?....

FONDOR (*tirant sa bourse.*)

Oui, digne et galant homme;
Pour toi, depuis long-tems, je garde cette somme.

MARCEL (*à part.*)

Est-il bien éveillé!

ROSALBAN (*à Marcel.*)

Prenez donc.

MARCEL.

Non vraiment.

FONDOR (*bas, à Marcel.*)

Fort bien.

ROSALBAN.

Par quel motif?

FONDOR (*avec une gaîté contrainte*)

Le scrupule est plaisant.

MARCEL.

Mais il doit vous sembler bien naturel, je pense :
Ne m'avez-vous pas dit que cet argent ?....

FONDOR (*bas, à Marcel.*)

Silence !

MARCEL (*continuant.*)

Appartient....

ROSALBAN.

A qui donc ?

FONDOR.

A tous les malheureux.

MARCEL.

Vous l'avez en dépôt.....

FONDOR.

Mis tout exprès pour eux.

MARCEL.

Et vous même, d'ailleurs, si j'ai bonne mémoire,
Vous êtes pour l'instant trop gêné....

FONDOR (*avec un éclat de rire forcé.*)

Quelle histoire !

ROSALBAN.

Cependant, s'il persiste encor dans son refus,
Je l'avouerai, monsieur, je ne douterai plus
Que, loin d'être en état de donner cette somme,
Votre intérêt exige....

FONDOR (*bas, à Marcel.*)

Accepte, ou je t'assomme.

MARCEL.

Moi, prendre ?....

FONDOR (*de même, en lui mettant la bourse dans la main.*)

Prends le double encor, traître! et tais-toi!

(*à Rosalban.*)

Il se résigne, enfin.

ROSALBAN.

Maintenant, je le voi

Vous jouissez.

FONDOR (*à part.*)

J'étouffe! Ah! quel assaut terrible!

MARCEL.

Quoi! c'est vraiment un don....

ROSALBAN.

Qu'il vous fait.

MARCEL (*tout ébahi.*)

Pas possible!

Mme. FONDOR.

Le beau trait! le beau trait!... Je n'y conçois trop rien,
Mais c'est égal; il faut que je l'embrasse.

(*Elle saute au col de son mari.*)

ROSALBAN.

Bien.

FONDOR (*à sa femme.*)

Modérez-vous. (*à Marcel.*) Et toi, va rejoindre ta nièce.

MARCEL.

Volontiers. (*à part.*) Est-ce un rêve? En proie à la tristesse,
Je viens chez un avare apporter de l'argent,
Et loin de le donner, j'en reçois; c'est charmant. (*Il sort.*)

SCENE IX.

FONDOR, Mme. FONDOR, ROSALBAN.

ROSALBAN (*à Fondor.*)

Voila déjà votre ame en un point satisfaite;
Vienne l'artiste encor, la journée est complette!

FONDOR (*à part.*)

Il ne manquerait plus que cela!

Mme. FONDOR.

Mon ami,
Voyez comme déjà le ciel s'est éclairci.

FONDOR (*à part.*)

A l'autre maintenant!

Mme. FONDOR.

Si monsieur le desire,
Il me semble qu'au parc nous pourrions le conduire.

FONDOR.

Au parc? Et pourquoi faire?

Mme. FONDOR.

Il ne le connaît pas.

ROSALBAN.

Madame, avec plaisir, j'accompagne vos pas.

Mme. FONDOR.

Hé bien, en attendant qu'arrive l'assemblée,
Allons donc faire un tour dans la prochaine allée.
Venez-vous?

FONDOR.

Je vous suis. Ouf! J'en mourrai, je croi;
Tout, jusqu'au ciel, conspire aujourd'hui contre moi.

FIN DU SECOND ACTE.

ACTE III.

SCENE PREMIERE.

ROSALBAN.

Oui, tout ce que je vois me fait assez connaître
Que Fondor n'est point tel qu'il voudrait le paraître,
Vainement il affecte une fausse splendeur,
La sordide avarice est au fond de son cœur;
On l'aperçoit qui perce au sein du luxe extrême
Où son orgueil le pousse en dépit de lui-même.
Entouré maintenant de convives nombreux,
D'un faux éclat il cherche à fasciner leurs yeux;
Renfermant avec soin son arrière pensée.
Contre un tems peu propice à la fête annoncée
Il déclame!... Et pourtant, si j'en crois certain fait,
L'orage survenu sert au mieux son projet.
Quel contraste frappant dans la même famille!
Autant Fondor est vain, bizarre.... autant sa fille,
Modeste en son maintien, égale en son humeur,
Sait, en charmant les yeux, intéresser le cœur!
Le sien est libre encore.... à ce que dit son père:
S'il est vrai.... Mais voici, je crois, ce secrétaire
Dont m'a parlé Fondor, et que j'ai fait prier
De se rendre en ces lieux pour finir mon courrier.

SCENE II.

ROSALBAN, DUPONT.

DUPONT.

On m'a dit que monsieur desirait ma présence.

ROSALBAN.

Pardon, si j'use ainsi de votre complaisance.
Monsieur Fondor a dû....

DUPONT.

Trop heureux de pouvoir,
Par mon zèle envers vous, seconder son espoir.

ROSALBAN.

Vous êtes avec lui depuis long-tems, je pense ?

DUPONT.

Oui, dans cette maison j'ai passé mon enfance.

ROSALBAN.

Vous y devez, monsieur, couler des jours heureux ;
Tout le fait croire au moins. Fondor est généreux,
Sa femme aimable et bonne, et sa fille....

DUPONT.

Charmante !

ROSALBAN.

Oui, sa beauté séduit et son esprit enchante :
En elle tout promet le destin le plus doux
Au mortel fortuné qui sera son époux....
Dans ces cercles nombreux dont Fondor l'environne,
Son cœur ne s'est encor déclaré pour personne ?

DUPONT.

Je sais bien que pour elle on brûle avec ardeur ;
Mais je n'ose assurer qu'on ait touché son cœur.

ROSALBAN.

Comment ! elle est aimée ?... Et de qui, je vous prie ?

DUPONT.

D'un jeune homme à qui même elle dut être unie.

ROSALBAN.

Son père était instruit ?....

DUPONT.

Alors il approuvait
Les tendres sentimens que sa fille inspirait.

ROSALBAN.

Quelle raison s'est donc tout-à-coup opposée
Au bonheur?....

DUPONT.

Une loi, par Fondor imposée,
Et qu'on n'a pu remplir, a détruit tout l'espoir
Que le jeune homme avait d'abord dû concevoir.

ROSALBAN.

Quoi! ces conditions qui lui furent dictées....

DUPONT.

Auraient été, monsieur, bien vîte exécutées,
Si l'homme qui possède et vertus et talens,
Ne luttait pas en vain contre les intriguans;
Et si les protecteurs, pour la plupart frivoles,
Prodiguaient aussi bien leurs soins que leurs paroles.
Celui dont, par malheur, cette affaire dépend,
Est sans doute bien loin d'y penser à présent.

ROSALBAN.

Pardon, mais le tems presse, et sans que je diffère,
Il faut que je recourre à votre ministère.

DUPONT.

Ordonnez.

ROSALBAN.

Ecrivez ce que je vais dicter.

(*A part, lorsque Dupont est placé pour écrire.*)

D'un soin bien doux, songeons d'abord à m'acquitter.

(*Il dicte.*)

« Je m'empresse, monsieur, de vous faire part que votre » demande a été accueillie. C'est bien moins à mes démarches » que vous devez ce succès qu'à la réputation de vos talens, » qui était déjà parvenue jusqu'au ministre; il s'applaudit d'avoir » trouvé l'occasion de les employer. Recevez, je vous prie, » mes félicitations et l'assurance de mon entier dévouement. »

Bon. (*Il signe.*) Pliez cette lettre, et mettez-y l'adresse.

DUPONT.

C'est pour?

ROSALBAN.

Monsieur Dupont, à Saint-Denis.

DUPONT.

Ciel!

ROSALBAN.

Qu'est-ce?

DUPONT.

La surprise! la joie!... O bonheur imprévu!

ROSALBAN.

Qu'avez-vous?

DUPONT.

Ce Dupont....

ROSALBAN.

Vous serait-il connu?

DUPONT.

C'est mon père!

ROSALBAN.

Qui? lui!

DUPONT.

Quelle reconnaissance
Je vous dois! Grace à vous, renaît mon espérance!
Il n'est plus tems, monsieur, de vous rien cacher...

ROSALBAN.

Quoi?

DUPONT (*vivement.*)

Ce jeune homme charmé d'Ernestine, c'est moi;
Cette condition qui lui semblait si dure,
Et que monsieur Fondor exigeait pour conclure,
C'était de parvenir à l'emploi qu'aujourd'hui
Mon respectable père obtient par votre appui.

ROSALBAN.

Qu'entends-je!... On ne pouvait en agir mieux, sans doute;
Moi-même à mon rival j'applanissais la route,
Qui devait le conduire au suprême bonheur.
Heureusement, qu'on peut...

DUPONT.

Je vous comprends, monsieur.
Dans mes premiers transports à mon ivresse en proie
J'exhalais sans raison une indiscrète joie ;
Mais à l'instant ces mots qui vous sont échapés
Ne me prouvent que trop que mes vœux sont trompés.
Votre triomphe est sûr : c'est peu par la puissance,
Le crédit et les biens, d'emporter la balance ;
Sachez encor qu'en vain mon père obtient l'emploi
Que vous sollicitiez ; ce titre est nul pour moi.
Oui, monsieur, jouissez de toute ma disgrace ;
Nous sommes obligés de rendre cette place,
Faute d'avoir les fonds qu'on nous demandera,
Et que tous nos efforts...

ROSALBAN (*avec calme et dignité.*)

Jeune homme, les voilà.

DUPONT (*interdit par la surprise et la joie.*)

Quoi! les fonds?...

ROSALBAN.

Ces billets forment la somme entière.
Faites-les au plutôt passer à votre père.
Près d'Ernestine aussi faites valoir vos droits ;
En rivaux généreux briguons tous deux son choix.
De mes biens, de mon rang, ne prenez point d'ombrage ;
Je n'en veux, près Fondor, tirer nul avantage.
Qu'Ernestine aujourd'hui se déclare pour vous ;
Je cède la victoire, et chéris son époux.

DUPONT.

Ah! monsieur! de mes torts qu'il faut que je rougisse!
Chaque mot me confond! avec quelle injustice...

ROSALBAN (*avec bonté.*)

Sans connaître les gens, doit-on les condamner?

DUPONT.

Pour combler vos bienfaits, daignez me pardonner;
L'amour et ses transports me rendent bien coupable.

ROSALBAN.

L'amour et vos vingt ans, vous rendent excusable.
Mais allez donc; songez qu'à votre père, il faut
Que ma lettre et ces fonds parviennent au plutôt.

DUPONT.

Le soin que j'y mettrai sans peine se devine.
(*A part.*)
Courons de mon bonheur informer Ernestine!

(*Il sort.*)

SCENE III.

ROSALAN.

Ainsi donc aujourd'hui, Fondor par vanité
Allait rompre un hymen dès long-tems projeté,
Et pour mieux assouvir l'orgueil qui le tourmente,
Sacrifier peut-être une fille charmante.
Mais il vient.

SCENE IV.

ROSALBAN, FONDOR.

FONDOR.

Pourquoi donc demeurer seul ainsi,
Quand tous les environs se rassemblent ici?
Et que, pour faire honneur à notre Picardie,
Ces bons provinciaux exercent leur génie,
Se donnent de Paris et les tons et les airs,
Pensent faire tout bien, et font tout de travers.
Nous aurions ri tous deux...

ROSALBAN.

Pardon, mais une affaire
Me retenait avec ce jeune secrétaire.

FONDOR.

Hé bien! qu'en pensez-vous?

ROSALBAN.

Il me semble doux, poli,
Et digne des égards qu'on lui témoigne ici.

FONDOR.

Son père a peu de biens, il sait que j'en possède,
Et m'a sollicité de venir à son aide.
Au jeune homme, aussitôt, cette maison s'ouvrit,
Et depuis son enfance....

ROSALBAN.

Oui, c'est ce qu'il m'a dit.

FONDOR (*satisfait.*)

Quoi! vraiment?

ROSALBAN.

Il a même ajouté que pour mettre
Le comble à vos bontés, vous daigniez lui permettre
D'aspirer au bonheur de vous appartenir.

FONDOR (*à part.*)

Il s'est ouvert à lui. (*Haut*) Roman fait à plaisir!
Sur quelques mots en l'air bâti sans vraisemblance.
Pour le rendre touchant, je gagerais d'avance,
Qu'avec feu, du héros il vous a peint l'amour
Comme extrême... et payé du plus tendre retour.

ROSALBAN.

C'est ce qu'il m'a caché. Vous daignez me l'apprendre;
D'après cela, je sais quel parti je dois prendre.

FONDOR.

Comment! ne croyez pas qu'Ernestine...

ROSALBAN.

Je crois
Que nous devons songer à respecter un choix
Que lui dicte son cœur, qu'autorisa son père.

FONDOR.

Mais encore une fois, monsieur, c'est une affaire
Pour laquelle il ne fut jamais rien décidé;
Un plan vague, sans suite, et toujours éludé.

ROSALBAN.

Le succès, disait-on, dépendait d'une place....

FONDOR.

Des Dupont, c'est ainsi que je me débarrasse.
Que pourrait obtenir le père, peu connu,
Et n'ayant pour appui qu'une austère vertu?
Personnage, d'ailleurs, d'une assez mince étoffe,
Qui n'est qu'homme de bien et se croit philosophe.
En faveur de son fils, c'est en vain qu'il voudrait
Percer l'obscurité pour laquelle il est fait;
A l'intrigue étranger, l'emploi qu'il sollicite....

ROSALBAN.

Vient d'être confié, monsieur, à son mérite.

FONDOR.

Comment?

ROSALBAN.

Son fils en a la preuve dans les mains.
Ainsi ses droits sont donc...

FONDOR.

Toujours bien incertains.
Son père ne tient rien encore... Il sait, je pense,
Que des fonds assez forts sont exigés d'avance.

ROSALBAN.

Il le sait.

FONDOR.

Il faudra les faire.

ROSALBAN.

Il les fera.

FONDOR.

C'est très-bien dit, s'il peut les avoir.

ROSALBAN.

Il les a.

FONDOR.

Vous me surprenez fort; hé qui donc les lui prête?

ROSALBAN.

Vous.

FONDOR.

Non, monsieur, la chose en ce moment....

ROSALBAN.

Est faite.

Ne vous souvient-il plus de ces vingt mille francs
Qui par vous-même offerts en termes si pressans?...

FONDOR.

Quoi?... (*A part*) J'enrage! cet homme a juré de me faire
Disposer, malgré moi, de ma fortune entière.

ROSALBAN.

Sans le savoir, monsieur, je servais votre ami;
De cet heureux hasard n'êtes-vous pas ravi?

FONDOR.

Enchanté.

ROSALBAN.

Vous jugez, d'après ce qui se passe,
Qu'à mon jeune rival je dois céder la place.

FONDOR.

C'est être généreux. (*à part*) Funeste contre-tems!

ROSALBAN.

Je vous engage même à presser les instans
Qui doivent, pour toujours, l'unir à votre fille.

FONDOR.

Non, Dupont n'entrera jamais dans ma famille.

ROSALBAN.

Pourquoi ?

FONDOR.

Plusieurs raisons me forcent entre nous....
Mais ces détails auraient peu [illegible]êt pour vous;
Ainsi, laissons donc là ces discours, je vous prie;
Et sans tarder, allons joindre la compagnie.
En vain de ses plaisirs je m'étais occupé,
Je vois mes soins perdus et son espoir trompé.
Quel dommage! la fête eut été magnifique;
Quelle variété! sur-tout quelle músique!
Figurez-vous, monsieur, dans l'épaisseur du bois,
Entendre ce basson et ce fameux hautbois,
Artistes renommés, que par-tout on desire.
(*A part.*)
Ils sont déjà bien loin, ainsi donc j'en puis dire
Tout ce qu'il me plaira.

SCENE V.

ROSALBAN, FONDOR, Mme. FONDOR.

(*Mme. Fondor entre accompagnée de plusieurs domestiques, dont les uns portent des flambeaux, et les autres des pupîtres.*)

FONDOR.

Qu'est-ce que tout ceci?

Mme. FONDOR (*à un domestique.*)
Metttez-là ces flambeaux; ces pupîtres ici.

FONDOR.
Mais....

Mme. FONDOR (*aux domestiques.*)
Des fauteuils.

FONDOR.
Saurai-je?..

Mme. FONDOR.
A mes soins rendez grace,
Nous aurons le concert!

FONDOR.
Quoi!...

Mme. FONDOR (*aux domestiques.*)
Bon! ici la place
De nos musiciens.

FONDOR.
Ils viennent de partir.

Mme. FONDOR.
Par mon ordre, Dupont les a fait revenir.

FONDOR (*à part.*)
Ciel!

Mme. FONDOR (*bas à Fondor.*)
Vous n'en serez plus pour vos frais.

FONDOR (*à part.*)
Quelle tête!

ROSALBAN.
De pouvoir les juger, je me fais une fête.

Mme. FONDOR.
On va les amener à l'instant.

FONDOR.
A quoi bon?

Peut-on de leur talent jouir dans un salon?
Avez-vous oublié ?...

Mme. FONDOR.

Non, j'ai bonne mémoire;
Dans Paris, dites-vous, Théâtre de leur gloire,
Ils se font admirer; or dans Paris, je crois,
Que fort peu de concerts se donnent dans les bois.

FONDOR (*à part.*)

O maudite cervelle, à quel coup tu m'exposes!

Mme. FONDOR.

J'ai donc dû présumer que de tels virtuoses,
Variant leur talent, savaient, suivant les lieux,
Etendre ou modérer leurs sons harmonieux.
D'après cela, tandis que dans la gallerie
Nos bons provinciaux finissent leur partie,
J'ai fait tout préparer, et viens vous prévenir
Qu'ici, pour le concert, on va se réunir.
(*Aux domestiques.*)
Qu'on se dépêche; allons.

FONDOR (*à part.*)

J'enrage au fond de l'ame.

ROSALBAN.

Que vous êtes heureux de voir ainsi madame
Seconder vos penchans, et d'après vos desirs,
Rassembler en ces lieux les arts et les plaisirs!

FONDOR (*avec une gaîté contrainte.*)

Oui, vraiment! je conviens qu'en cette circonstance....

Mme. FONDOR.

Pour finir la soirée, il faudra que l'on danse.

FONDOR (*avec humeur.*)

Danser?

ROSALBAN.

C'est fort bien vu.

Mme. FONDOR (*à son mari.*)

Ce n'est point votre avis?

FONDOR.

Vous ai-je dit cela?

ROSALBAN.

J'en serais fort surpris.

Une fête toujours, par un bal se termine.

FONDOR.

Sans doute... on dansera.

Mme. FONDOR.

Suffit. Qu'on illumine....

Des lumières par-tout.

FONDOR.

Songez donc, s'il vous plaît....

Mme. FONDOR.

Aux rafraîchissemens? Vous serez satisfait.

Qu'on dresse des buffets par-tout.

FONDOR (*bas à sa femme.*)

Quelle folie!....

Qu'en ce tumulte, au moins, l'ordre et l'économie....

Mme. FONDOR (*aux domestiques.*)

L'entendez-vous? il faut.....

FONDOR (*l'interrompant vivement.*)

Que la profusion

Se réunisse au goût pour la collation.

(*A part.*)

Quand elle m'assassine et cause mon supplice,

Quel vertige me rend moi-même son complice!

SCENE VI.

LES PRÉCÉDENS, ERNESTINE.

Mme. FONDOR.

TE voilà! que veux-tu?

ERNESTINE.

J'accours vous prévenir,
Ma mère, qu'à l'instant le jeu vient de finir,
Et qu'ici nos voisins s'empressent de se rendre
Pour jouir du concert qu'ils brûlent tous d'entendre.

FONDOR (*à part.*)

De leur impatience ils seront bien payés.

SCENE VII.

LES PRÉCÉDENS, VOISINS ET VOISINES DE FONDOR.

PREMIÈRE VOISINE.

Vous avais-je trompé, messieurs? vous le voyez;
Ce séjour, où les jeux suivent par-tout nos traces,
Semble le rendez-vous des plaisirs.

UN VOISIN.

Et des graces.

PREMIÈRE VOISINE.

Toujours galant!

DEUXIÈME VOISINE.

Ici l'on rencontre en effet,
Tout ce que peut offrir le goût le plus parfait.

LE VOISIN (*regardant les tableaux.*)

Cette collection paraît belle et nombreuse.
Madame, voyez donc. (*Il va examiner les tableaux.*)

PREMIÈRE VOISINE.

Je suis peu connaisseuse.

DEUXIÈME VOISINE.

Pour lui c'est différent, il est fou de tableaux.

LE VOISIN (*revenant au milieu du cercle.*)

Ce salon ne contient que des originaux.

DEUXIÈME VOISINE.

Vraiment ?

LE VOISIN.

J'en suis certain.

FONDOR.

Monsieur doit s'y connaître.

Mme. FONDOR.

Sans peine on le devine, au tact qu'il fait paraître.

PREMIÈRE VOISINE.

C'est dans l'art du dessin le plus fort amateur
De ce département.

LE VOISIN.

Vous vous moquez, d'honneur !
Votre suffrage, au reste, est tout ce qu'on souhaite.

Mme. FONDOR.

Eh ! quel genre a choisi monsieur ?

PREMIÈRE VOISINE.

La Sillouète.

Mme. FONDOR.

Bon !

LE VOISIN.

Oh ! petit talent de société.

DEUXIÈME VOISINE.

Mais
Qui n'est pas moins charmant !

LE VOISIN.

Quels chef-d'œuvres parfaits !
Vous devez en avoir pour des sommes immenses.

FONDOR.

Ma fortune suffit sans peine à ces dépenses.
Vous voyez ce carré de six pieds en tout sens ?

LE VOISIN.

Oui, monsieur.

FONDOR.

J'en ai là pour trente mille francs.
Ce trumeau vaut le double. En bas, cette Cybelle
Est l'unique tableau qui soit resté d'Appelle;
A Rome, l'an dernier, je le fis acheter.
Sur quatre souverains il fallut l'emporter.
Ils me l'ont fait payer un peu cher; mais n'importe;
J'aurais donné de même une somme plus forte
Pour le plaisir de voir s'accomplir mon projet,
Car, enfin, vous saurez que de ce cabinet,
Décoré chaque jour des œuvres du génie,
Je fais un *museum* pour notre Picardie.

LE VOISIN.

Ah! monsieur, quel bienfait!.. Pour ma part transporté...

FONDOR.

Vous croyez donc qu'il faut, vu son utilité,
Le publier?

LE VOISIN.

Sans doute; et j'en fais mon affaire.

ROSALBAN (*à part.*)

Qu'une bonne leçon lui serait nécessaire!

ERNESTINE.

Maman, voici Dupont.

Mme. FONDOR.

Allons, tant mieux; on va
Commencer le concert.

FONDOR (*à part.*)

Comment sortir de là!

SCENE VIII.

LES PRÉCÉDENS, DUPONT, LES MUSICIENS.

DUPONT.

J'AI rejoint ces messieurs, madame, et les amène.
A se déterminer, ils ont eu quelque peine;
Mais enfin les voici.

Mme. FONDOR.

Qu'ils soient les bien venus.
Avec impatience ils étaient attendus.

PREMIER MUSICIEN.

Madame... assurément...

DEUXIÈME MUSICIEN (*bas à son camarade.*)

Nous n'irons pas, j'espère...

Mme. FONDOR.

Quand ces messieurs voudront.

(*Elle fait asseoir la société.*)

DEUXIÈME MUSICIEN.

On nous presse! que faire?

PREMIER MUSICIEN (*à son camarade.*)

Songer avec honneur à nous tirer de là.
On veut de la musique? eh bien! on en aura.

DEUXIÈME MUSICIEN (*au premier.*)

S'il s'agissait encor de quelque contre-danse...

PREMIER MUSICIEN.

N'importe; allons toujours, et payons d'assurance.

(*Ils vont se mettre aux places qui leur sont destinées.*)

Mme. FONDOR.

Nous voilà tous placés.

LE VOISIN.

Silence!

PREMIÈRE VOISINE.

C'est bien dit.

Mme. FONDOR.

Rien de pis qu'un concert, quand on y fait du bruit.

(*Elle jette deux ou trois chaises par terre en se retournant pour adresser les paroles suivantes à une de ses voisines.*)

Voisine, êtes-vous bien?

DEUXIÈME VOISINE.

Oui, voisine, à merveille.

PREMIÈRE VOISINE.

Je ne dis plus le mot.

LE VOISIN.

Moi, je suis tout oreille.

PREMIÈRE VOISINE.

Ma chère, il vous souvient du concert de Dorbois?

Mme. FONDOR.

Sans doute; tout le monde y parlait à-la-fois;
C'était d'un ridicule!...

TOUT LE MONDE A LA FOIS.

A nul autre semblable.

LES UNS (*criant de toutes leurs forces.*)

Silence!

LES AUTRES (*criant encore plus fort.*)

Chut! paix donc.

(*Les musiciens prennent leurs instrumens, d'où ils tirent des sons si faux et si bruyans qu'il en naît un charivari auquel on ne peut tenir.*)

LES VOISINS (*se levant.*)

Quel vacarme effroyable!

PREMIÈRE VOISINE.

Mes oreilles !

DEUXIÈME VOISINE.

Mes nerfs !

LE VOISIN.

J'ai le tympan rompu !

PREMIER MUSICIEN.

Attendez donc la fin; voilà l'effet perdu.
De nouveau, maintenant, il faut qu'on recommence.

LES VOISINS (*dont le plus grand nombre se sauve.*)

Grace ! grace !

Mme. FONDOR (*à son mari.*)

Monsieur, de cette extravagance,
Que devons-nous penser ?

FONDOR.

Je ne puis concevoir....
(*A part*)
Que dire ! (*haut*) Comme vous trompé dans mon espoir...

Mme. FONDOR (*aux musiciens.*)

Je l'avouerai messieurs, je suis fort étonnée,
Que par vous, ma maison ait été destinée...

PREMIER MUSICIEN.

C'est à nous bien plutôt de trouver surprenant
L'accueil qu'ici l'on fait au mérite, au talent,
A nous enfin ! à nous ! issus d'une famille
Qui dans tous les beaux-arts en grands hommes fourmille !

FONDOR.

C'en est assez !...

PREMIER MUSICIEN.

Monsieur, qui vous l'assurera,
Pour preuve en peut donner les tableaux que voilà.
D'un Rembrantz, d'un Vernet, a-t-on la fantaisie ?
A trois livres par pied, mon oncle les copie.

FONDOR.

Tais-toi !

PREMIER MUSICIEN.

C'est à ses soins qu'on doit ce cabinet,
Dont chacun a, je crois, lieu d'être satisfait.
Respectez donc en nous une famille entière
Qui des arts suit la noble et brillante carrière.
Et vous monsieur; et vous! protecteur des talens !...
Faites-nous au plutôt délivrer nos six francs.

(*Les musiciens sortent.*)

SCENE IX.

FONDOR, Mme. FONDOR, ERNESTINE, ROSALBAN, DUPONT, LES VOISINS.

FONDOR (*à part.*)

J'ENRAGE!

PREMIÈRE VOISINE.

Le voisin sait briller à bon compte.

Mme. FONDOR (*à part.*)

Quel scandale!

FONDOR (*à part.*)

Où cacher mon dépit et ma honte!

DEUXIÈME VOISINE.

Quoi vraiment! ces messieurs seraient déjà partis?

PREMIÈRE VOISINE.

Quelque brillant concert les rappelle à Paris.

LE VOISIN.

Voilà comme malgré tant de magnificences...

DEUXIÈME VOISINE.

Sa fortune suffit sans peine à ses dépenses.

FONDOR.

Mesdames! je commence enfin à me lasser....

PREMIÈRE VOISINE.

Vous vous fâchez, monsieur? Il faut donc vous laisser.
Sans rancune.

FONDOR (*à part.*)

A quel point leur présence me pèse!

DEUXIÈME VOISINE.

Du concert, mes amis, allons rire à notre aise.

LE VOISIN.

Moi, je vais annoncer aux amateurs des arts,
Le nouveau *museum* créé pour les Picards.

(*Les voisins sortent.*)

SCENE X ET DERNIÈRE.

FONDOR, Mme. FONDOR, ROSALBAN, ERNESTINE, DUPONT.

ROSALBAN (*à part.*)

Le vœu que je formais s'est accompli bien vîte.
Si cette épreuve est forte, au reste, il la mérite.

Mme. FONDOR.

Je me suis tu, monsieur, quand ces sots persifleurs
Dirigeaient contre vous leurs sarcasmes moqueurs;
J'aurais crains devant eux de vous ouvrir mon ame;
Me sera-t-il permis maintenant.....

FONDOR.

Eh! madame!

Epargnez-moi, de grace, un stérile sermon;
Vos discours vaudraient-ils une telle leçon?
Et vous, monsieur! et vous, témoin d'un tel outrage,
Que pouvez-vous penser?

ROSALBAN.

Que désormais plus sage
Vous allez à jamais abjurer ces travers,
Suite d'un esprit faible, et non d'un cœur pervers.
Evitez, dans le sein d'une famille heureuse,
D'un monde corrompu l'amorce dangereuse.
Vous y payez bien cher des plaisirs imparfaits;
Chez vous, vous en aurez de purs à peu de frais.
Ce bonheur qu'ici bas chacun ambitionne,
Quand l'orgueil nous le vend, l'amitié nous le donne.
Sachez donc profiter d'un bien si précieux.
Cherchez de vrais amis; vous connaîtrez près d'eux
Que le bonheur n'est point dans de folles largesses,
Et que pour bien jouir du fruit de ses richesses,
Il faut, fuyant toujours un éclat emprunté,
Satisfaire son cœur et non sa vanité.

FONDOR.

Que c'est bien dit monsieur! la leçon est parfaite.
Revenu de mes torts, croyez que je regrette
De bon cœur tant d'argent follement dépensé....
Ah! que n'est-il encor dans mon coffre entassé!

ROSALBAN.

On vous verrait, sans doute, en faire un autre usage.
Que celui qui vous reste au moins vous dédommage
Des plaisirs dont long-tems vous vous êtes privés;
Il en est de bien plus doux qui vous sont réservés.
Vous possédez, monsieur, une fille chérie;
Jouissez, en faisant le bonheur de sa vie,
Et pour ce couple heureux, unissez en ce jour,
Les dons de la fortnne aux faveurs de l'amour.

DUPONT (*montrant Ernestine.*)

Voilà l'unique bien auquel mon cœur aspire,

Je ne veux que lui seul ; il saura me suffire.

FONDOR.

Tu seras satisfait. (*à Ernestine*) Qu'il soit donc ton époux ;

ERNESTINE.

C'est le bien le plus cher que je tienne de vous.

Mme. FONDOR.

Vous consentez qu'enfin cet hymen s'accomplisse !

FONDOR.

D'un fol orgueil, mon gendre, oublions le caprice ;
Des maux qu'il t'a causés, mes soins te vengeront.
(*A part.*)
C'est dommage pourtant, qu'il s'appelle Dupont !

FIN DU TROSIÈME ET DERNIER ACTE.

De l'Imprimerie de CORDIER, rue Favart, N°. 6.

CATALOGUE

De Pièces de Théâtre qui se trouvent chez VENTE, *Libraire, Boulevart des Italiens, N°. 7, près la rue Favart.*

Astianax, Opéra en 3 actes.
Auguste et Théodore, ou les deux Pages.
Adèle et Dorsan, remise en 2 actes.
Azeline, Comédie.
Ami de la Maison (l'), Com.
Aristote Amoureux, Vaudeville.
Amours d'Eté (les), Vaud.
Banquier (le), ou le Négociant de Genève.
Calife de Bagdad (le), 2e. édition.
Cécile, Comédie en 3 actes.
Chapitre Second (le).
Dot de Suzette (la), mêlée d'ariettes.
Dot de Suzette (la), ou les Charmes de la Reconnaissance, Com. en 3 actes.
D'Auberges en Auberges.
Dédit (le), Comédie.
Ecole de Village (l'), mêlée d'ariettes.
Espiègle (l'), Vaudeville.
Fermiers (les trois), Com. en 2 actes.
Hussites (les), ou le Siége de Naumbourg, Mélodr. en 3 actes, en vers, par M. Alex. Duval, musique de Méhul.
Henri IV, Drame lyrique en 3 actes.
Jaloux (le), conforme à la représentation.
Jockei (le), Comédie en 1 acte.
Lisbeth, Comédie en 3 actes.
Léon, ou le Château de Montenero.
Maison à vendre, Comédie, 3e. édition.
Marianne, Com. en 1 acte.
Menuisier de Livonie (le), ou les Illustres Voyageurs par M. Alexandre Duval.
Originaux (les), avec les nouvelles Scènes de Dugazon.
Secret (le), Com. 2e. édit.
Shakespeare Amoureux, ou la Pièce à l'Etude, Com. en 1 acte, en prose.
Tyran Domestique (le), ou l'Intérieur d'une Famille.
Tuteurs vengés (les), de Duval.
Vadé chez lui, de Demautort.

On trouve chez le même Libraire un assortiment complet de Pièces de Théâtre, tant anciennes que modernes, des Proverbes séparés, pour jouer en Société; Opéra, Ballets, etc.; en un mot, tout ce qui a rapport au Théâtre. Il tient aussi les Nouveautés en tous genres qui paraissent journellement.

www.ingramcontent.com/pod-product-compliance
Ingram Content Group UK Ltd.
Pitfield, Milton Keynes, MK11 3LW, UK
UKHW020324220726
13923UKWH00003B/1354